Boucle d'Or
et les trois ours

UN *CONTE* CLASSIQUE

RACONTÉ PAR DOMINIQUE DEMERS *ET ILLUSTRÉ PAR* JOANNE OUELLET

Bibliothèque et Archives nationales du Québec

Dans la même collection :
LES TROIS PETITS COCHONS
illustré par Marie-Louise Gay
LES LUTINS ET LE CORDONNIER
raconté par Gilles Tibo et illustré par Fanny
LE VILAIN PETIT CANARD
raconté par François Gravel et illustré par Steve Beshwaty
JACQUES ET LE HARICOT MAGIQUE
raconté par Pierrette Dubé et illustré par Josée Masse

À paraître :
CENDRILLON
raconté par Anique Poitras et illustré par Gabrielle Grimard

Catalogage avant publication de Bibliothèque et Archives Canada

Demers, Dominique

Boucle d'Or et les trois ours : un conte classique

(Les contes classiques)
Pour enfants.

ISBN 2-89608-019-8

I. Ouellet, Joanne. II. Titre. III. Titre: Boucle d'Or et les trois ours. Français.
IV. Collection : Contes classiques (Éditions Imagine).

PS8557.E468B68 2005   jC843'.54   C2005-941043-4
PS9557.E468B68 2005

Direction artistique : Mireille Levert
Conception graphique : Folio et Garetti

Dépôt légal : 2005
Bibliothèque nationale du Québec
Bibliothèque nationale du Canada

Les éditions Imagine
4446, boul. Saint-Laurent, 7e étage
Montréal (Québec) H2W 1Z5
Courriel : info@editionsimagine.com
Site Internet : www.editionsimagine.com

Imprimé au Québec
10 9 8 7 6 5 4 3 2 1

Gouvernement du Québec – Programme de crédit d'impôt
pour l'édition de livres – Gestion SODEC

Il était une fois une petite fille appelée Boucle d'Or
parce que ses cheveux étaient dorés
et joliment bouclés.

C'était une petite fille curieuse.
Elle adorait fouiner, explorer,
partir à l'aventure.

Boucle d'Or vivait avec
son papa et sa maman
dans une maison
près d'une vaste forêt.

Dans cette forêt vivait une famille d'ours.

Il y avait Papa Ours, Maman Ourse et Bébé Ours.

Un matin, les trois ours décidèrent d'aller
en promenade pendant que leur gruau refroidissait.
Le pauvre Bébé Ours avait failli se brûler la langue !

Chacun prit son chapeau :
un grand pour Papa Ours,
un moyen pour Maman Ourse
et un tout petit pour Bébé Ours.

Ce jour-là, Boucle d'Or s'ennuyait et elle était très attirée
par la forêt derrière sa maison.
Elle savait pourtant que la forêt était immense
et qu'elle risquait de s'y perdre.

Boucle d'Or décida d'y entrer quand même,
en se promettant de ne pas s'aventurer
trop loin.

La forêt était magnifique, pleine de
lumière, d'odeurs et de bruits.

Boucle d'Or aperçut un oiseau bleu,
très beau, et elle ne put s'empêcher
de le suivre d'arbre en arbre.
C'était comme jouer à la cachette.
Boucle d'Or s'amusait beaucoup.

Soudain, l'oiseau disparut.
Boucle d'Or découvrit alors
qu'elle était perdue.

La petite fille marcha longtemps, longtemps.
À la fin, elle était épuisée et elle avait grandement faim.
Boucle d'Or était sur le point d'éclater en sanglots
lorsqu'elle aperçut une maison, un peu plus loin.
Elle se sentit aussitôt rassurée.

C'était une jolie maison, très invitante.
Boucle d'Or se demanda qui pouvait bien habiter là.

Elle frappa trois fois, mais personne ne vint ouvrir.

Elle alla à la fenêtre, pour voir à l'intérieur,
mais c'était trop haut.

Boucle d'Or voulut épier par le trou de la serrure,
mais c'était trop noir.

Alors, elle tourna le bouton
et la porte s'ouvrit.

En entrant, Boucle d'Or respira un parfum délicieux.

Elle découvrit une table bien mise avec trois bols :
un grand, un moyen et un tout petit.

Boucle d'Or plongea une cuillère dans le grand bol.
Ouille ! Le gruau était bien trop chaud.

Elle plongea une cuillère dans le moyen bol.
Beurk ! Le gruau n'était pas assez sucré.

Boucle d'Or plongea alors la toute petite cuillère
dans le tout petit bol.
Miam ! Le gruau était parfait.

Boucle d'Or vida le tout petit bol avec appétit.

La fillette poursuivit son exploration.
Dans le salon, il y avait trois fauteuils :
un grand, un moyen et un tout petit.

Boucle d'Or grimpa dans le grand fauteuil.
Elle le trouva beaucoup trop dur.
Ce n'était pas confortable du tout.

Alors, elle se hissa dans le moyen fauteuil
et s'y enfonça presque jusqu'au cou !
Il était beaucoup trop mou.

Boucle d'Or essaya donc le tout petit fauteuil.
Il était parfait ! Ni trop dur, ni trop mou.

Mais soudain... Crac !
Le tout petit fauteuil se brisa
et la fillette tomba sur les fesses.

Pauvre Boucle d'Or !
Elle était très déçue.

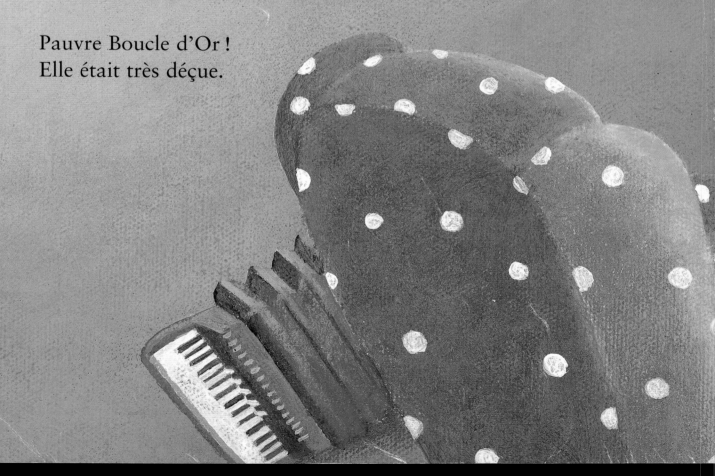

Boucle d'Or aperçut une porte et l'ouvrit.

C'était une chambre à coucher,
et dans cette chambre, il y avait trois lits :
un grand, un moyen et un tout petit.

Boucle d'Or monta sur le grand lit,
mais il était vraiment trop grand.
Elle s'y sentait perdue.

La fillette s'allongea sur le moyen lit,
mais il penchait d'un côté.
Boucle d'Or avait peur de tomber.

Alors, elle essaya le tout petit lit.
Il était parfait ! Boucle d'Or se glissa
sous la couette et elle s'endormit.

Pendant ce temps, les trois ours avaient terminé
leur promenade et rentraient chez eux,
car ils avaient faim.

En arrivant devant leur maison,
ils s'arrêtèrent, surpris.
La porte était ouverte !

Maman Ourse et Papa Ours étaient inquiets,
mais ils ne dirent rien pour ne pas effrayer Bébé Ours.
Les trois ours entrèrent dans leur maison.
— J'ai faim ! se lamentait Bébé Ours.

Papa Ours, Maman Ourse et Bébé Ours
approchèrent de la table.

Papa Ours remarqua que sa cuillère était salie.
— Quelqu'un a goûté à mon gruau !
rugit-il de sa très grosse voix.

Maman Ourse vit du gruau renversé à côté
de son bol.
— Quelqu'un a goûté à mon gruau !
grogna-t-elle d'une voix un peu moins forte.

Bébé Ours découvrit alors que son bol était vide.
— Quelqu'un a mangé tout mon gruau et il n'y
en a plus ! gémit-il de sa toute petite voix.
Il était très malheureux.

Les trois ours se rendirent au salon.

Papa Ours remarqua que son fauteuil avait été déplacé.
— Quelqu'un s'est assis dans mon fauteuil !
rugit-il de sa très grosse voix.

Maman Ourse vit que le tissu de son fauteuil était froissé.
— Quelqu'un s'est assis dans mon fauteuil !
grogna-t-elle d'une voix un peu moins forte.

Bébé Ours découvrit alors son fauteuil brisé.
— Quelqu'un s'est assis dans mon fauteuil et il est tout brisé !
gémit-il de sa toute petite voix.
Bébé Ours éclata en sanglots.

Papa Ours et Maman Ourse consolèrent Bébé Ours.
Puis, ils se dirigèrent vers la chambre à coucher.

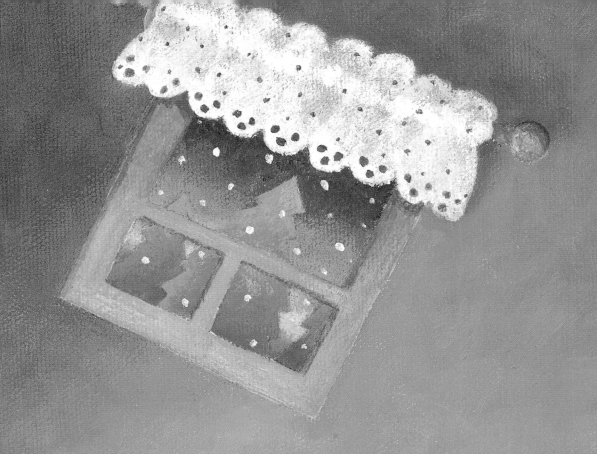

En entrant, Papa Ours remarqua que sa couette avait glissé.
— Quelqu'un s'est couché dans mon lit !
rugit-il de sa très grosse voix.
Il n'était vraiment pas content.

Maman Ourse vit que ses draps étaient défaits.
— Quelqu'un s'est couché dans mon lit !
grogna-t-elle d'une voix un peu moins forte.

Bébé Ours découvrit Boucle d'Or endormie dans son lit.
Il eut très peur.
— Que… Que.. Quelqu'un EST couché dans mon lit !
cria-t-il d'une toute petite voix aiguë.

Les cris de Bébé Ours réveillèrent Boucle d'Or.
En ouvrant les yeux, elle aperçut les trois ours
penchés au-dessus du lit.
Affolée, Boucle d'Or bondit hors du lit et s'enfuit par la fenêtre.

Boucle d'Or courut longtemps, longtemps.
À la fin, elle était épuisée et elle avait grandement faim.
Elle allait éclater en sanglots lorsqu'elle vit soudain
une maison à travers les arbres. C'était SA maison.

Au même moment, elle entendit sa maman appeler :
— Boucle d'Or, viens vite ! La soupe est servie !
La petite fille était rentrée juste à temps.

Boucle d'Or attendit d'être un peu plus grande
avant de retourner dans la forêt.
Elle ne s'y perdit plus et elle ne revit jamais
la maison des ours.

Les trois ours y vivent toujours.
Papa Ours a réparé le fauteuil de Bébé Ours,
mais depuis, Bébé Ours a grandi.

Fin